鬧鬼圖書館8

捉迷藏

愛倫坡獎得主桃莉・希列斯塔・巴特勒作品

撮撮 ◎ 譯

晨星出版

幽靈語彙

膨脹 (expand)
幽靈讓身體變大的技巧

發光 (glow)
幽靈想被人類看到時用的技巧

靈靈棲 (haunt)
幽靈居住的地方

穿越 (pass through)
幽靈穿透牆壁、門窗和
其他踏地物品（也就是實體物品）的技巧

縮小 (shrink)
幽靈讓身體變小的技巧

反胃 (skizzy)
幽靈肚子不舒服時會有的症狀

踏地人 (solids)
幽靈用來稱呼人類的名稱

嘔吐物 (spew)
幽靈不舒服吐出來的東西

飄 (swim)
幽靈在空中移動時的動作

靈變 (transformation)
幽靈把踏地物品變成幽靈物品的技巧

哭嚎聲 (wail)
幽靈為了讓人類聽見所發出的聲音

第一章

媽媽和貝奇

「一、二、三⋯⋯發光！」小約翰喊道。

現在是夜晚，所有住在圖書館樓上的踏地人們都已經入睡了。凱斯和他的父母，還有小約翰飄浮在圖書館的通廊上方，他們都在發光。

凱斯用力得臉都皺成一團，咬著牙，雙拳緊握。他一試再試，努力想要像他的家人那樣發光。可是不管他怎麼使力，凱斯都沒有成功。

「我知道你辦得到的。」媽媽身上的光熄滅時安慰凱斯。

「其他學會的技巧，你都已經掌握自如了。」爸爸說。

爸爸說得對，凱斯現在可以發出哭嚎聲了。也可以穿越踏地牆壁跟拾起踏地物品，他甚至還能夠把踏地物品靈變成幽靈物品。

回想和家人一起住在舊校舍的時候，凱斯根本一項技巧都不會，只會膨脹和縮小身體。

自從舊靈靈棲被拆除後，發生了好多事。

凱斯還記得和兄弟在舊校舍裡飄蕩的時光，他的哥哥芬恩，很喜歡嚇嚇凱斯跟小約翰，老愛把一隻手臂或一隻腳伸出牆外。然而有一天，芬恩一頭探出牆外，頭伸得 **太遠了**，外面的風將他拉

了出去。爺爺奶奶嘗試要去救他，但是失敗了，風連他們一起帶走了。

從此之後，爸爸媽媽更嚴苛的教導凱斯幽靈技巧。但在凱斯學會任何新技巧前，舊校舍就被摧毀了。凱斯和家人因為這樣流落到了外頭，而且在風中失散了。

凱斯乘著風來到了圖書館，他在這裡遇見另一個住在圖書館的幽靈貝奇，還有住在圖書館裡的踏地女孩克萊兒，克萊兒和凱斯一樣大。即使幽靈沒有發光，克萊兒也看得到；即使幽靈沒有哭嚎，她也聽得到幽靈說話，沒有人知道這是為什麼。

凱斯和克萊兒創辦了偵探社，專門破解神祕幽靈案件，同時尋找凱斯的家人。前一週他們找到了凱斯的爸媽，現在只剩下芬恩下落不明，凱斯害怕

他再也見不到芬恩。

「天要亮了，」此時爸爸開口，「兒子，再試一次。再不久克萊兒就要起床了。」

「這次不要再握緊拳頭了，也不要再緊咬著嘴巴。全身緊繃是很難發光的，你要讓光從皮膚流瀉而出。」

「我不懂那是什麼意思？」凱斯問。

「你不懂什麼？」貝奇飄進通廊的時候說。「喔！」當他看到凱斯的媽媽時說：「抱歉，我不知道妳在這。」

「沒關係。」媽媽彆扭地說道，現在換她全身緊繃了。

自從爸媽一起來到圖書館後，凱斯和小約翰就幾乎不怎麼見到貝奇了。貝奇和媽媽彼此好像都不

想處在同個地方。

「我們在教凱斯發光，」小約翰告訴貝奇，「或許你可以幫我們？」

貝奇甩甩頭說：「我不這麼認為。」然後轉身離開。

找到爸媽前，貝奇總是費心地教導凱斯學習幽靈技巧。「為什麼不？」凱斯問道，但是貝奇一聲不吭的飄走了。

凱斯轉頭問媽媽，「為什麼妳跟貝奇不喜歡彼此呢？」

「你在胡說什麼啊？」媽媽閃躲凱斯的眼神，「貝奇和我很喜歡彼此，我們處得很好。」

「看起來不是啊！」小約翰反駁。

「你們都不想要同處在一個房間裡。」凱斯直

接點明。

「不過，你們兩個是怎麼認識的？」爸爸開口問道。

媽媽聳聳肩，一派輕鬆的說：「我們還是孩子的時候，一起度過了些時光。」

「然後……」小約翰晃了晃手，讓媽媽回神繼續說下去。

「然後沒什麼，」媽媽說：「那是好久好久以前了。」

凱斯知道這故事還有很多沒說，該怎麼做才能讓媽媽或貝奇說完未完的部分呢？

＊　＊　＊　＊　＊　＊　＊　＊　＊

「幽靈一家，準備好要去拜訪『河景之家』了嗎？」午間稍晚克萊兒問幽靈們。

今天是星期日，克萊兒答應要帶凱斯、小約翰，還有他們的父母，一起去安養院探望爺爺奶奶。爸爸媽媽已經 *好～久～* 沒見到爺爺奶奶了。

「汪！汪！」科斯莫吠叫。

「好，科斯莫。」凱斯搔搔科斯莫的肚子，「你可以一起來。」

幽靈一家所有人都 *縮小……縮小……縮小……* 然後飄進克萊兒的水壺裡，他們彼此緊密的靠在一起。

克萊兒將水壺背帶甩到肩上，然後大聲跟她家人說：「我要去探望『河景之家』的人喔！」

「好，親愛的，」凱倫奶奶說：「記得晚餐前回來。」

克萊兒走到街上，她的水壺在肩膀後方晃來晃去，她在消防局旁停下來等紅燈。

　　「嘿！凱斯，還記得我們曾經看到的消防車嗎？」小約翰瞄了一眼消防局。可惜消防局的大門關著，小約翰沒辦法看到裡頭的消防車。

　　「記得啊！」凱斯說：「我還記得你在其中一輛車裡走失了一段時間。」

　　「什麼？！」媽媽驚訝得揚起眉毛。

「我不是真的走失，」小約翰說：「我知道我自己在哪。」

「對，但是我不知道你在哪啊，」凱斯繼續說：「就像我們在找五點鐘幽靈的時候，你跑進去房子裡遲遲不出來。」五點鐘幽靈是小約翰幫助克萊兒和凱斯偵辦的第一個案件。

「那天讓你以為我走失了有好處呢！因為你為了找我穿越牆壁了。」小約翰說。

凱斯沒辦法與小約翰爭論這點。有好長一段時間，凱斯討厭穿越牆壁，因為他會感到反胃。但是

他嘗試愈多次，他就愈能輕鬆做到。

「聽起來自從我們分開以後，你們經歷了很多冒險。」媽媽說道。這時克萊兒轉彎來到佛瑞斯特街上。

「我們的確是經歷了很多冒險。」凱斯應和道。他在克萊兒的水壺裡打轉了一圈，「這裡就是我第一次看到科斯莫的地方，我和克萊兒當時在那棟房子裡，」凱斯指向一棟房子，「住在裡頭的一位太太覺得她家閣樓裡有幽靈，所以聘請我和克萊兒去找出幽靈。我從她家窗戶向外面看的時候，發

現了科斯莫。他就在這裡，我們現在這個地方。只不過他沒有在水壺裡，而是在外面到處飄浮。」

「汪！汪！」科斯莫搖尾吠叫著。

小約翰說：「我想他也記得這件事。」

「那你怎麼追到他的？」媽媽問道。

但在凱斯開口回答前，鄰棟房子的窗戶傳來一陣喊叫：「嘿！嘿！妳！妳就是那個專破解神祕幽靈案件的女孩吧？過來這裡，我有個案子要請妳幫忙。」

第二章

禁足

「**喔！**不！」凱斯認得窗邊的那個男孩。

「怎麼了？他是誰啊？」小約翰問，他跟媽媽、爸爸都伸長脖子越過科斯莫和克萊兒水壺上的星星看出去。

「你不知道他。」凱斯說：「但我跟克萊兒知道，他的名字是艾理，喜歡捉弄其他人。我們在調查比斯里太太家的閣樓時，我們一度以為他就是那個『幽靈』。還記得嗎，克萊兒？」

克萊兒輕微地點點頭。「他跟我上同一所學校，」她低聲說道：「他總是會惹麻煩上身。」

「妳為什麼一直站在那裡？」艾理對克萊兒大喊：「走過來跟我說話啊！」他揮動手臂。

「克萊兒，不要理他。」凱斯說道。他不相信艾理。

「他可能有案子要請我們破解，」克萊兒說：「我覺得我們應該去看看。」說完她調整好水壺的帶子，朝艾理家走去。

凱斯不悅地哀嚎了一聲。

「不要做一個這麼膽小的幽靈，凱斯。」小約翰說。

「我才不是膽小的幽靈，我只是 —— **哇啊！**」凱斯驚慌尖叫，因為科斯莫突然往前直

16

衝，在他和父母來得及把科斯莫拉回來前，科斯莫已經半個身體在水壺外了。

「汪！汪！」

「不行，科斯莫！」凱斯斥責。他牢牢地抱住科斯莫。

克萊兒在艾理的窗戶前下方停下腳步，她開口說：「好了，我過來了。」她伸手護著雙眼遮擋陽光。「你要跟我說什麼？」

「我說啦，我有案子要請妳幫忙。」艾理身體

探出窗外繼續說：「一個幽靈案件。」

「汪！汪！」科斯莫在凱斯懷裡焦躁不安地扭動著。

「幫忙啊！他還是想要逃出去！」凱斯大叫。

出動了整個幽靈家庭，努力把科斯莫抓住，留在水壺裡。

克萊兒一手插腰，對艾理說：「我以為你不相信有幽靈。我跟你說比斯里太太聘僱我去調查她家的幽靈時，你甚至還嘲笑我。」

艾理難為情地搔搔頭說：「啊……對啊。但那是在有幽靈跑到我家之前。」

克萊兒問：「是什麼讓你覺得你家裡有幽靈？」

「因為我看到了。」艾理回答。

「所以它有發光。」小約翰說。

「如果真的是幽靈的話，那就是它在發光。」凱斯牢牢地抓著科斯莫說道，他知道艾理不像克萊兒能夠看得到幽靈。

克萊兒拉開背包的拉鍊，拿出紀錄本和筆，「你可以形容一下嗎？」

「汪！汪！汪！」

「我不知道，它看起來就像是個幽靈。」艾理回答。

「它那時候在做什麼？」克萊兒問道。

「躲藏。」他說：「我有次看到它跑到我姊姊的床下，我也有看到它穿越牆壁。然後昨天晚上，它躲到我的衣櫥，並在我打開衣櫥門的時候大叫一聲 蹦！」

「幽靈不用躲踏地人啊……」爸爸皺起眉頭。

當凱斯聽到爸爸說踏地人的時候緊張了一下，他知道克萊兒不喜歡那個稱呼。

「我們不需要躲啊！」爸爸繼續說：「如果我們不想被踏地人看到，我們不要發光就好啦！」

「每當我想要跟蹤那個幽靈，或是告訴我家人的時候，它就消失了。」艾理告訴克萊兒，「然後過一會兒它又出現在其他地方，我覺得它喜歡玩捉迷藏的遊戲。」

「嗯哼！」克萊兒一邊說一邊寫下所有艾理說的話。

「我不是唯一一個看到的人，」艾理繼續說：「我們家要賣了。幾乎所有來看房子的人都有看到，這就是為什麼沒有人想要買。因為他們覺得這

21

間屋子鬧鬼，可是我的家人都沒有看到過。」

喀隆隆！喀隆隆！

一輛車在克萊兒身後駛進了車道。

「喔！不！那是我媽，她和我姊姊回來了。」
艾理說完後把窗戶甩上，然後蹲低不見了。

克萊兒走到草地上，好讓艾理的媽媽能夠一路
將車開進來。當艾理的媽媽和姊姊下車時，克萊兒
還在紀錄本上振筆直書。姊姊看起來比克萊兒和凱
斯的年紀稍長。

科斯莫轉向她們搖著尾巴，不知道為什麼，科
斯莫現在冷靜了許多。

艾理的媽媽似笑非笑地看著克萊兒，然後抬頭
對著窗戶叫：「艾理！」

艾理並沒有在窗戶邊現身，這時他媽媽雙手放

在嘴巴前圍成一圈，然後大喊：「艾理！」

「有人要倒大楣嚕！」艾理的姊姊幸災樂禍地哼唱著。

艾理慢慢地出現在窗戶邊，他媽媽示意他打開窗戶，「你知道禁足是什麼意思嗎？」窗戶一開他媽媽就說道。

艾理垂下雙眼說：「就是不能出門，不能用電腦，不能傳簡訊。」他嘟噥著。

「也表示你不可以在窗戶邊跟你朋友聊天。」他媽媽嚴厲地看了克萊兒一眼。

「我不會說我們是艾理的朋友。」凱斯說道。當然艾理的媽媽看不到也聽不到他們。

「我很抱歉。」克萊兒邊說邊把她的紀錄本塞回背包裡，「我只是路過而且——」

「讓我猜猜，」不等克萊兒說完，艾理的姊姊便插嘴道，「妳就是那個找幽靈的女孩，艾理才說他要打給妳呢！」她驅身向前靠近克萊兒，「妳是知道我弟弟很愛對其他人惡作劇的吧？」

「才不是惡作劇！蘿倫！」艾理在窗邊大叫。

艾理的媽媽把手繞到克萊兒肩上，然後一路帶

她走到人行道上。她說：「我不曉得為什麼妳會在這裡，但是現在艾理被禁足了，妳今天不能見他。而且我向妳保證，我們家沒有幽靈。」

就在那瞬間，凱斯瞥到有東西在艾理旁邊的窗戶一閃而過，像幽靈的東西。

凱斯眨了眨眼，他問：「你們有看到嗎？」

「看到什麼？」小約翰問。

「我什麼也沒看到。」凱斯的媽媽回答。

「我也是。」爸爸接著說。

凱斯直盯著那扇窗戶，但不管他看到了什麼，那東西都沒有再出現。

艾理的媽媽仍在跟克萊兒說話，「妳可能有注意到我們院子上的『售屋』立牌，我們要搬家了，艾理很不高興。所以他很努力地讓來看屋的人相信

我們家鬧鬼。」

「我才沒有！」艾理在窗櫺上重擊了一拳。

「他認為只要我們不賣這棟房子，就不會搬家了。」蘿倫說道。

「我們家真的有幽靈！克萊兒！」艾理嘶聲大喊：「真的有！是真的有！」

「呃，我今天也無法做什麼。」克萊兒回應他：「你媽媽說你被禁足了，明天學校見。」她朝他揮手道別後繼續走回街道上。

第三章

和爺爺、奶奶見面

「**你**為什麼會問我們『有看到嗎？』什麼意思啊？」幽靈一家還飄浮在克萊兒的水壺裡，小約翰不解地問道。他們也快要抵達河景之家了。

凱斯把科斯莫抱得緊緊的，「我以為我在艾理旁邊的那扇窗戶看到了幽靈，」他解釋道，「只有瞥到一秒，所以或許是我的幻覺，看錯了。」

媽媽猜測，「或許你看到的是太陽在窗戶上的

反射。」

「有很多東西，遠距離看的時候很像幽靈。但是結果都是其他東西。」爸爸補充說明。

凱斯知道爸爸說得沒錯。有不少神祕幽靈案件找上他和克萊兒，但沒有任何一個案件真的是由幽靈引起的。

「也有可能真的是幽靈。」小約翰說：「你知道的啊，我們又不是這裡唯一的幽靈。像貝奇，像住在紫色房屋裡的幽靈家庭，還有一堆住在河景之家的老女人幽靈們。」

「不可以叫她們老女人！」媽媽責備小約翰，「這樣不禮貌。」

「但是她們就真的是老女人啊！」小約翰說：「所有住在河景之家的都是老人。」

「我們到了。」當克萊兒走向一棟紅磚建築時，凱斯通知大家。克萊兒拉開門，一隻色彩鮮艷的鳥兒聲音尖銳地說道：「哈囉！哈囉！」

「呀！」凱斯打了個哆嗦，即便那隻鳥被關在籠子裡。

「咯咯～～」科斯莫齜牙咧嘴，朝著那隻鳥低吼。

「那是什麼鬼東西啊？」媽媽問道。

小約翰咯咯咯的笑著，「那是一隻鳥，他叫漂漂，對不對，凱斯？」小約翰瞄了凱斯一眼，然後再定睛看著凱斯，「凱斯……你在發光？」

「你在發光！」爸爸不自覺驚呼！

「有嗎？」凱斯低頭看看自己，他的皮膚透著

微亮的藍光。很遺憾的是凱斯完全不曉得自己是做了什麼才發光的。

「哇喔！凱斯。」克萊兒眼睛為之一亮，感到佩服。

「不好意思，需要幫忙嗎？」櫃檯人員詢問克萊兒。

克萊兒急忙將水壺往背後撥，她說：「呃……我……我想來探望住在這裡的某一個人。」

「喔唔！」凱斯抬起手檢視全身後嚷嚷道：「光已經不見了。」

當凱斯一鬆手，科斯莫就衝出水壺，直接往鳥籠飄去。

「科斯莫！不可以！壞狗狗！」凱斯大叫，馬上跟在他的狗後面飄出水壺，科斯莫追逐著漂漂，

凱斯追逐著科斯莫，在鳥籠裡跳上跳下的。

「**壞狗狗！壞狗狗！**」漂漂厲聲說

道。

爸爸媽媽跟小約翰都飄出水壺，嘗試幫忙凱斯

抓住科斯莫，但是漂漂朝他們直飛而來。「壞狗

狗！」他又大叫了一次。

「我的老天。」櫃檯的女士站起身來看,她看不到鳥籠裡的所有幽靈,她只看得到漂漂,「我不懂那隻鳥在發什麼神經啊!」

克萊兒抿緊雙唇,她知道發生了什麼事,但她愛莫能助。

「抓到他了!」小約翰抱住科斯莫的時候大聲疾呼,然後一路飄出鳥籠。凱斯和他的父母一路跟隨,他們一直退到房間裡遙遠的一個角落,盡可能地離漂漂愈遠愈好。

漂漂甩甩他的羽毛,再次叫罵:「壞狗狗!」

當鳥平靜下來,櫃檯的女士就坐了下來。「抱歉,嗯……所以妳想探望的是哪一位?」

「呃,」克萊兒思索了一會兒,「啊!對,我要探望維特·海欣。」維特曾在很久以前幫圖書館

整修，非常久以前，那時克萊兒都還沒出生。小約翰、凱斯和克萊兒曾經為了打聽關於密室之謎的事，而前來探望過他。他們也是那個時候發現原來爺爺奶奶已經落腳於河景之家，河景之家已是他們的新靈靈棲了。

「我想維特一定很想要有人來陪陪他，」那個女士說：「他在 105 號房。」她寫在一張撕下來的紙上，然後在櫃檯上遞給克萊兒。

「謝謝。」克萊兒拿起紙後，往走廊的方向走去。凱斯和他的家人一起飄在她身後。

克萊兒站在 105 號房的門口，「這是維特的房間。」她跟幽靈一家說：「你們結束後來找我，或是我結束後去找你們。」

「OK ！」凱斯說完後轉身跟他的幽靈家人

說：「走吧！爺爺和奶奶應該在活動室裡。」

幽靈一家繼續沿著走廊飄到一間開放的大空間，正中間有兩個踏地女人跟兩個踏地男人在玩紙牌遊戲。凱斯的爺爺奶奶跟另外兩個幽靈女人飄浮在上方。

「爺爺！奶奶！」小約翰搶先凱斯衝到前頭，「看我們帶誰來了。」

在場所有踏地人和幽靈都抬起頭來看。

「喔！天啊！」奶奶驚呼。

「我以為我們再也見不到你們了。」爺爺說，他和奶奶一同飄過來與爸爸媽媽相擁。

「而且你們還帶了科斯莫來。真開心見到你，乖孩子。」爺爺笑得好開心。

科斯莫舔了舔爺爺的手，然後轉頭舔了舔奶奶

的臉頰。

　　一位踏地女人擺正她的眼鏡後說：「瞧你們團

聚真是教人欣慰啊！」

爸爸偏頭問那位踏地女人：「妳可以看到我們？」

「當然。」其中一位踏地人回答。

「這裡大部分的踏地人都可以看見我們。」小約翰說。

「真的？」媽媽驚訝道。

「不要擔心，親愛的。」奶奶說：「這裡每個人都很親切。」

「可⋯⋯可是他們是踏地人啊！」媽媽不可置信地說道。

「是的，」爺爺拍了拍媽媽的臂膀，「相信我，妳愈認識踏地人，就愈發現他們其實都非常和藹可親。」

媽媽和爸爸兩人都揚起了眉毛，他們不曾和踏

地人相處很久。不像凱斯或小約翰那樣，也不像爺
爺跟奶奶那樣。

　　接下來半小時的時光，幽靈一家互相吐露分開
的這幾個月來，彼此遇到、見識到的所有事。時光
飛逝之快，當他們看見克萊兒走進活動室時都感到
驚訝，「你們準備好回家了嗎？」克萊兒問。

　　「這麼快？」奶奶不捨地問。

　　「你們才剛到這，」爺爺說：「何不住下來一
陣子？」

「對，留下來。」奶奶說道，「河景之家是個很好的靈靈樓，而且我們是一家人，我們應該待在一起。」

「對，一家人應該待在一起。」媽媽認同道，然後她雙手抱胸問：「那為什麼你們住在這裡，而妳的孫子卻住在圖書館？」

呃哦！凱斯擔心媽媽會生氣，**爺爺奶奶有麻煩了嗎？**

「不要生氣，親愛的。」奶奶繼續說：「凱斯和小約翰想要跟同齡的人待在一起，而我們也是啊！」

爺爺點點頭補充，「他們說圖書館有一個負責任的成年幽靈照看他們。」

「負責任的成年幽靈？」媽媽

提高音調，「你知道是──」

「那個，很抱歉。我不想要打擾，」克萊兒走到媽媽和爺爺中間插嘴道，「但差不多是晚餐時間，我該回家了。誰要跟我走？」

「我們！」凱斯抓住他的狗，然後轉頭看爺爺奶奶說，「你們何不一起來？拜訪我們一次。」

「對，我想你們應該一起來圖書館。」媽媽說道。

「你們都沒有來看我們，」小約翰說：「可是我們來探望你們好多次了。」

「這孩子說得對。」奶奶對爺爺說。

「好吧。」爺爺說：「我們一起去。」

「！」凱斯和小約翰高舉拳頭歡呼。

「你們要縮小。」小約翰和爺爺奶奶說完後

縮小……**縮小**……縮小飄進克萊

兒的水壺裡。爸爸媽媽也跟著小約翰縮小飄進去。

「呃哦！裡面還有空間裝得下我們嗎？」凱斯

窺看在水壺裡的幽靈家人。

「去回收桶找找看，」其中一個踏地人指著角

落的一個藍色大箱子，「裡面應該會有可以裝下你

們所有幽靈的東西。」

克萊兒走向回收桶，拿了一個大玻璃罐走回

來，「這個怎麼樣？」

「好多了。」凱斯和爺爺奶奶一起 **縮小**……**縮小**……縮小到玻璃罐裡。罐子裡有黃瓜的味道，爸爸媽媽這時也和小約翰一起飄出水壺，然後進入玻璃罐裡。

「科斯莫，來！」凱斯拍著雙手叫喚：「縮小，乖孩子，縮小！」

科斯莫 **縮小**……**縮小**……縮小飄進了玻璃罐裡，幽靈一家團聚了。克萊兒帶著他們一道回圖書館。

第四章

好主意

「**看**這都是誰呀？」貝奇出聲問道,克萊兒這時帶著一罐子的幽靈走進了圖書館的工藝室。

凱斯和他的幽靈家人一起穿越玻璃罐,然後膨脹回正常大小。奶奶和爺爺一同抬頭,盯著掛在天花板上的紙鶴。

「貝奇,這是我們的爺爺奶奶,」凱斯說:「爺爺、奶奶,這是貝奇。」

貝奇聽到凱斯說爺爺奶奶時僵住了。

「哈囉。」奶奶朝貝奇溫和地微笑。

「很高興認識你。」爺爺伸出手說道。

貝奇伸出手握住爺爺的手，「嗯……很高興再次看到你。」他沒有直視爺爺的眼睛。

「再次？」爺爺看起來很困惑，「我們之前有見過面嗎？」

這時媽媽飄了過來，「爸，這是貝奇，」她說：「你知道的，鄉下的靈靈樓。」

鄉下的靈靈樓？

奶奶的笑容頓時消失。

「什麼鄉下的靈靈樓？」小約翰問道。

爺爺從貝奇手裡抽回他的手，他憤怒地回頭看向凱斯和小約翰，「這就是你們說在照顧你們的幽

靈？」

「你們為什麼沒有跟我們說！」奶奶氣呼呼地膨脹了起來。

凱斯和小約翰對看一眼，凱斯問：「告訴你們什麼？」他們兩個有跟爺爺奶奶提及過貝奇啊！

「我們不知道你們說的貝奇，竟然就是這個貝奇。」奶奶說。

「我們不能待在這裡，」爺爺轉身對克萊兒說：「我命令妳現在就帶我們回河景之家。」

「不，不，」貝奇伸出手在胸前揮動，「我離開。」

「你先來的，」媽媽說：「我們離開。」她準備把凱斯和小約翰趕進玻璃罐裡。

「什麼？才不要！」凱斯和小約翰異口同聲地

抗議。

「你們有六個人，不，七個，包括那隻狗。」貝奇說：「但我只有一個人，我可以找到新的靈靈樓。」他飄到克萊兒身邊說：「妳是否可以把我帶到另一個靈靈樓去呢？最好是有些書的地方。」

克萊兒搖頭拒絕，她說：「我現在不帶任何人去任何地方。是吃晚餐的時候了，而且我爸媽也不會同意讓我在晚餐後又出門。所以，除非你們想到外面讓風帶走，不然從現在到明天我放學前，你們全都要待在這裡，哪裡也不能去。」

幽靈們全怒瞪克萊兒。

「那就是明天。」爺爺語氣堅定。「明天妳一放學，就回來把我們帶回安養院。」

* * * * * * * * * * *

克萊兒和她的家人稍晚入睡後。

「不公平！」小約翰抱怨道，「我不想住在都是老人的河景之家。」

「我也不想。」凱斯說：「我不明白為什麼不能一起住這裡。在鄉下的靈靈棲到底發生什麼事？為什麼媽媽、爺爺、奶奶都對貝奇那麼生氣？」

「不知道，」小約翰說：「我覺得應該要有人向我們解釋。」

凱斯認同。

但是爸爸什麼都不知道，所以他沒辦法回答任何一道問題。然而媽媽、爺爺、奶奶都跟他們說一樣的話：「這不關你們的事。」

如果我們得離開圖書館，就關我們的事！凱斯心想。

既然沒有人告訴他們發生過什麼事，凱斯和小約翰覺得可以去問貝奇。但是處處都找不到貝奇，不管是樓上樓下，還是密室，哪裡都沒看見貝奇的身影。

「他離開了嗎？」當他們兩個在密室裡打轉時，小約翰問道。

「他要怎麼離開？」凱斯說：「克萊兒睡了啊！」

「也許⋯⋯他不是跟克萊兒離開的。」小約翰一把抓住飄過他眼前的幽靈鞋子。

凱斯和小約翰堅信那是他們哥哥芬恩的鞋子，芬恩在凱斯來到圖書館前，曾經待在這裡幾天。但不知道是什麼原因，芬恩再次跑到了外面，再也沒有人看到他。

「或許貝奇跟芬恩一樣跑到了外面，然後風把他給吹走了。」小約翰說道。

凱斯搖搖頭，「貝奇不會那麼做的，」他說：「他一定躲在圖書館的某一處。」

突然間，這個念頭給了凱斯一個點子。

＊　＊　＊　＊　＊　＊　＊　＊　＊　＊　＊

早上，凱斯和小約翰飄在克萊兒的上方，她正在整理上學用的背包。

「如果要去河景之家的時候，爸爸媽媽找不到我們的話會怎麼樣？」凱斯問：「他們找不到我們，就沒辦法強迫我們去河景之家了。」

　　「你要跟爸爸媽媽玩捉迷藏的遊戲嗎？」小約翰問。

　　「類似，」凱斯繼續說道，「但我想躲在爸爸媽媽、爺爺奶奶找不到的地方，或許不是在圖書館裡。」

　　「你是說你要離家出走？」克萊兒問道。

　　「對！」凱斯興奮地說道。但是他遲疑了一會兒，「等等，也許這不是什麼好主意。」

　　「是，它是！」小約翰大叫：「是最最最棒的點子。」

　　「我們可能會挨罵。」凱斯說道。

「只要我們不在這裡就不會。」小約翰說：「克萊兒，妳可以幫助我們離家出走嗎？」

「可以，」克萊兒說：「我會帶你們到學校，你們可以躲在那，我現在就偷偷把你們從後門帶走。下午放學時，我會跟你們父母說你們很安全，但是除非他們答應你們不用去河景之家，否則你們就不回來。」

「超棒的主意！我們走吧！」小約翰說完便**縮小**……**縮小**……縮小飄進躺在克萊兒床上的水壺裡。

凱斯飄浮在上方看著水壺，克萊兒拉起背包拉鏈，背到肩上，「你要來嗎？凱斯？」她抓起水壺的時候問道。

「嗯……」凱斯思索著。或許只要克萊兒跟所

有人說他跟小約翰安全無虞，就不會有事。「要，我要去！」然後他**縮小**⋯⋯**縮小**⋯⋯**縮小**飄進了水壺裡。

克萊兒朝後梯走去，「大家下午見啦！」經過她爸媽跟凱倫奶奶身旁時，她邊大聲道別，邊快速走過。

「等等，克萊兒，」凱倫奶奶突然叫住她：「妳今天為什麼走後梯？」

克萊兒停下腳步，轉頭看凱倫奶奶後聳肩說：「就⋯⋯想要走後梯。」

突然間，凱斯和小約翰的爸爸媽媽、爺爺奶奶從凱倫奶奶身後的地面上經過。

「呃哦！」凱斯在克萊兒水壺裡將身體縮得更小一點。

「你們兩個男孩打算去哪？」媽媽立刻膨脹到兩倍大，在凱倫奶奶身後問道。

「我們要離家出走，」小約翰說：「而且我們不會再回來，除非你們同意讓我們住在圖書館。快跑，克萊兒，快跑！」

「拜拜！」克萊兒和她的家人跟幽靈們揮手道別後，就將水壺緊抱在胸前轉身拔腿狂奔，直奔向後梯。

「哦，不，你們休想。給我回來！」爺爺勢如破竹，穿越凱倫奶奶的身體衝向他們。

成人幽靈們緊追在克萊兒身後賽跑，但是克萊兒略勝一籌，跑得比他們都快。然後一躍而下最後兩階階梯，奔進緊鄰文學圖書室後方的窄小通道，一路跑到盡頭的門。

凱斯幾乎不敢喘氣。

「快點，克萊兒！」小約翰大聲地
呼喊。其他幽靈們緊跟在後，就快要抓到凱斯他們
了。

克萊兒的速度分毫未減，直到她成功衝出門
外，安全抵達後院。

「耶！我們辦到了！」當克萊兒甩上在他們身
後的門時，小約翰歡呼道。

爸爸媽媽、爺爺奶奶都飄浮在後門小小的觀景窗內，爺爺憤怒地揮舞拳頭。

　　凱斯哀號：「我們回來的時候，肯定有得挨罵了。」

第五章

是惡作劇嗎？

艾理在學校外的大橡樹下等待克萊兒。「妳來了！」他說完便跟上克萊兒的步伐和她並肩走著，他的臂膀下夾著一本書。

「我來了。」克萊兒說道。

凱斯和小約翰從水壺裡仔細觀察、傾耳細聽。

「我沒有被禁足了，」艾理打開學校的門時說道，他和克萊兒一同走進去，「妳可以放學後來我家一趟嗎？找出我家的幽靈。」

克萊兒閃過幾個在走廊上的孩子。「你媽媽和你姊姊認為你才是那個幽靈，她們說你不想搬家，所以你想盡辦法讓人覺得你們家鬧鬼了。」

「但我沒有！」艾理反駁道。

克萊兒轉動置物櫃的密碼並打開門，而這時小約翰和凱斯已經飄出水壺，盤旋在艾理跟克萊兒的頭上。

艾理倚靠在克萊兒置物櫃旁的櫃子上說：「如果妳可以找到我們家的幽靈，我會付妳錢。」

克萊兒邊脫邊扯下她的外套，並掛到櫃子裡。

「不要去，克萊兒，」凱斯飄到克萊兒前方說：「拜託，不要去他家。」

「你為什麼不想要克萊兒去艾理家？」小約翰問凱斯。

「因為我不相信他，」凱斯回答：「如果艾理是要捉弄她呢？我們沒辦法在那幫她忙啊！我們沒有要跟她一起回家，還記得嗎？我們要待在這裡，直到媽媽同意我們可以不用搬到河景之家。」

「我們不用待在這裡啊，可以跟克萊兒一起去艾理家。」小約翰說：「如果他捉弄克萊兒，那我們也可以捉弄他，像這樣！」小約翰伸手把艾理手上的書抽了出來，讓它掉落到地上。

克萊兒看著艾理彎腰撿起他的書時，努力掩飾竊笑，艾理不解自己怎麼會沒把書拿好。

「我們今晚可以待在他家，然後明天躲進他的書包跟著他一起上學。」小約翰說道。

「嗯……」凱斯思索著，這麼做好像也無任何不妥。

「地球呼叫，克萊兒，請回答。」艾理說道，他在克萊兒面前揮揮手，「所以妳放學後要不要來啊？」

克萊兒關上置物櫃的門，她說：「好，我會去。但這個最好不是什麼惡作劇。」

「這不是，」艾理說完咧嘴一笑，「我保

證。」

＊　＊　＊　＊　＊　＊　＊　＊　＊

克萊兒在上課時，凱斯和小約翰在禮堂舞臺的後方飄晃著。上次凱斯和克萊兒，在這解決了幕後搞鬼的神祕幽靈事件。那是在他找到任何家人之前的事，除了科斯莫。

「我喜歡你的主意，如果艾理捉弄克萊兒，我們就捉弄他，」凱斯對小約翰說道，「但我們能怎麼捉弄他？」

小約翰聳聳肩頭說：「他想要讓人相信他家鬧鬼，那我們就鬧他。我們可以在他面前發光、哭嚎。你可以靈變一個他的東西，然後如果有其他人出現時，我們就停止捉弄他。」

「如果我可以發光就好了。」凱斯說道。

「你可以啊，你在河景之家的時候就辦到啦！」小約翰回想。

「是啊，但我不知道我怎麼辦到的啊！」凱斯說道。

「嗯……這裡沒有其他人，」小約翰說道，「不如練習看看？」

凱斯看看他的手臂，再看看他的腳，**發光**，他命令自己的身體，**發光！發光！發光！**他咬著牙，握緊雙拳。

什麼也沒發生。

凱斯嘆了一口氣，他還在思考可以試試什麼方法的時候，小約翰突然膨脹到非常**大**並朝凱斯大叫一聲：「**踹！**」

　　凱斯嚇得都要靈魂出竅了！「你幹嘛這麼做？」他問。

　　「我想要嚇嚇你，」小約翰說道，「在河景之家的時候，你是不是因為被漂漂嚇到所以才發光的啊？」

　　「我覺得不是。」凱斯說，搓搓自己的臂膀，但是他一點發光的跡象都沒有。

　　「好吧，那放輕鬆一點。」小約翰說道。

　　「你剛剛才把我嚇得半死，現在我要怎麼放輕鬆？」凱斯問道。

小約翰飄到凱斯身後，揉揉凱斯的肩膀說：

「像這樣，呼——吸——」

凱斯 呼——吸——

「呼——吸——」小約翰接著再說了一遍。

凱斯也繼續 呼——吸——呼——吸—— 他可以感覺到全身正在放鬆。

「好了！」小約翰飄到凱斯面前，「現在再深——呼——吸——一次，然後……發發光，像這樣。」

凱斯再 深——呼——吸——一次，然後看著小約翰開始發光。但他自己卻完全沒有發光。

「看來我負責發光，你負責靈變就好。」小約翰說道。

「妳要怎麼找到這個幽靈？」艾理問克萊兒。下午稍晚，他們已經抵達艾理的家了。

小約翰和凱斯，兩隻幽靈穿越克萊兒的水壺後膨脹。

「妳沒有什麼獵捕幽靈的特殊裝備嗎？」艾理問道。

「有，在這裡。」克萊兒拍了拍她的背包。

「妳應該拿出來用啊！」艾理說。

「有必要的話我會拿出來。」克萊兒說道，她和艾理兩人一起從廚房慢慢走到客廳。凱斯和小約翰在他們上方飄移。「再說一次事情發生的經過吧，你說你有看到幽靈？」

「對，很多次。」艾理說。

克萊兒正要打開客廳旁的一扇門時，艾理阻止了她，「不要，別進去那，」他說：「那是我媽的辦公室，她正在工作。」

凱斯的頭傾靠在那扇門上，**真的是他媽媽的辦公室嗎？**凱斯懷疑。**還是裡面有他不想讓克萊兒看到的東西？**

「你在做什麼？」小約翰問。

「細聽線索，」凱斯回答：「我跟你說啦！艾理喜歡捉弄他人，或許這就是他藏整人道具的房間。」

「我們不用待在這裡聽啊！」小約翰說道，「我們直接進去看有什麼東西。」說完便穿越了那扇門。

凱斯隨後穿越，他們兩個幽靈來到了一間小房間，艾理的媽媽正在電腦旁工作。

「看來艾理說的是實話。」小約翰說。

「我想是吧。」凱斯話一說完，桌上的電話鈴聲響起。

「喂？」艾理的媽媽對著話筒說道。

「我們走吧。」凱斯和小約翰穿越回剛剛那扇

門，然後飄到樓上找克萊兒和艾理。

「我不知道有人來看房子時發生了什麼事，」艾理說，他和克萊兒正緩步走進浴室。「事情發生的時候我們不在家，但是要買房子的人的房仲，一直跟我們的房仲說我們的屋子裡有幽靈，所以不想跟我們買。」

「但這讓你很開心。」克萊兒在浴室裡繞一圈時說道。

艾理聳了聳肩說：「我的確沒有為此不開心，但真正讓我不開心的是，我被指控我根本沒有做的事。我沒有在自己的家裡鬧鬼，我真的沒有！」

凱斯定睛看著艾理，他希望自己可以分辨出艾理說的是不是實話。

突然間，克萊兒身後傳來巨響**喀噠**一

聲。幽靈偵測鏡掉在地板上了。

「怪了，」克萊兒彎腰撿起偵測鏡時說：「這應該在我背包裡的啊，怎麼會掉出來？」

艾理緊張地抿唇，「是幽靈從妳背包裡拿出來的……它現在可能就躲在那個淋浴的地方。」

他們兩個人一同盯著掛在那的粉紅色浴簾，克萊兒慢慢地伸手將浴簾推到一邊。

什麼也沒有。

「艾理？」樓下傳來艾理媽媽叫喚他的聲音。

克萊兒一行人走出浴室，艾理靠在欄杆旁探頭問：「什麼事？」

「房仲剛剛打電話來，」他媽媽說：「我們得出門，他要帶人來看房子了。」

「現在？」艾理不耐煩地問。

「對，現在。下來吧。」

克萊兒等艾理先下樓，然後悄悄對凱斯和小約翰說道：「等所有人都離開後，你們看看可以發現什麼。」

「好。」凱斯說：「明天見？」

「明天見。」克萊兒承諾。

第六章

艾理家的幽靈

凱斯和小約翰飄進了一個女孩子的臥室，然後朝窗外窺看。他們看到克萊兒跟艾理還有他媽媽一起走在車道上，艾理的媽媽好像說可以開車送克萊兒回家，但他們無法聽到窗外的交談所以無法肯定。

克萊兒背起背包，然後快速的揮了揮手向艾理道別後，就走到街上去了。艾理和他的媽媽兩人坐進車裡後也駛走了。

艾理家現在只剩凱斯和小約翰獨處了。

或許。

「哈囉！有人在嗎？」凱斯觀看臥室。

「出來吧，出來吧，不管你在哪。」小約翰跟著大喊。

這時兩隻幽靈聽到了奇怪的砰砰聲跟咚咚聲，像爆破或東西掉落的聲音，從樓下某處傳來。

「那是什麼聲音？」凱斯問。

「不知道，」小約翰說：「好像……好像爆米花的聲音！」

「不是，聽起來像……」凱斯思忖了一會兒。

「像什麼？」小約翰追問。

「我不知道，」凱斯回答：「但不是爆米花，砰砰聲不夠緊湊，太慢了。」

他們飄到樓上的走廊。

「哈囉？」凱斯再次呼叫：「有人在嗎？」

砰……*砰*……**砰**……*砰*……
砰……

凱斯注意到樓梯口的一張桌子，上層的抽屜開
著，「嘿，那個抽屜幾分鐘前是開著的嗎？」

「我不知道，好像沒有。」小約翰回答。

他們飄過去並盯著抽屜看，裡面沒有什麼讓人
感興趣的東西，只有一些紙、信封、鉛筆和原子筆

而已。

砰砰聲停止了。

他們沿路飄到樓下，一堆彈珠掉落在走廊上。

「幾分鐘前肯定沒有那些東西。」小約翰說道。

「所以砰砰聲是那些東西發出來的嗎？」凱斯問。他往下潛，然後拾起一顆踏地彈珠，他小心翼翼的用拇指和食指拿著，然後飄到樓梯讓彈珠掉落，彈珠一路*砰*……**砰**……**砰**……的彈跳過最下面的三級階梯。

「跟剛剛的聲音是一樣的，」小約翰說道，「可是沒有人在啊，會是誰讓這些彈珠一路滾下樓？」

凱斯有不祥的預感，非常非常不祥的預感。

＊　＊　＊　＊　＊　＊　＊　＊　＊

　　喀噠！前門的鎖轉開了。「我想你們會很喜歡這棟房子的。」提著公事包的男人邊說邊開門走進屋子，他應該就是那個房仲了。儀容端莊的一男一女跟在他身後走了進來。

　　凱斯和小約翰趕緊往後飄，遠離敞開的門。

　　「屋況維持得很好，而且鄰居都很友善。」房仲繼續介紹，他放下手提包後把門關上。

　　「啊！」女人踩到彈珠後失足大叫了一聲，「小心！地板上全是彈珠。」

　　「我看到了。」房仲趕緊巡視撿起所有彈珠，他把彈珠都放到桌上一個精緻的碗公中，然後不自在地對那對夫妻微笑。「可能我們沒有讓這家人有充足的時間離開，我們去看看客廳吧。」

凱斯和小約翰跟在他們身後飄進客廳。

「瞧瞧這壁爐石造牆的細工。」房仲在石牆上敲了敲。

嗚 ——！ 壁爐裡突然傳出哭嚎聲。

「那是什麼聲音？」女人嚇得倒抽一口氣。

「可能是風吹進來的聲音。」她丈夫輕拍著她的手安撫她。

凱斯和小約翰兩個人都揚起了眉毛看著彼此，他們一點都不認為那是風聲。

「哈囉！」小約翰對著細緻的石造牆說話。他和凱斯兩個一同飄進了壁爐裡，抬頭朝煙囪口看去。他們沒有感覺到任何風勢，但也沒看到任何可能發出嗚嗚嗚聲音的東西。

等他們回到客廳時，踏地人已經走到廚房去

了，他們趕緊跟上。

「這些都是頂級工藝的系統廚具。」房仲說。

當那對夫妻正在查看烤箱、冰箱時，前廊傳來另一個*砰*……**砰**……*砰*……的聲音。

「那是什麼聲音？」男人問道。

凱斯和小約翰循著聲音飄過去，現在門口通廊地板上又多了些彈珠。

房仲直接穿過凱斯和小約翰環顧四周，「看來我漏撿了幾顆彈珠。」他再次撿起彈珠並放到之前那堆彈珠碗裡。

但凱斯和小約翰都很確定房仲之前已經撿起了所有彈珠。

砰……**砰**……*砰*……這時，一顆彈珠突然自己從樓梯上滾落而下。

「這些彈珠都是從哪來的？有人在這嗎？」女人問道。

凱斯和小約翰直接穿越天花板到二樓，走廊上沒有任何人，不過他們察覺到幾分鐘前還開著的抽屜，現在關上了。

是誰關的？

房仲跟夫妻這時走到二樓樓梯口，凱斯和小約翰趕緊閃躲讓開，飄進了第一間的臥房。根據門上的牌子標示，那是艾理的房間。房間角落有個罐子裝滿彈珠。

「彈珠應該是從這裡來的。」凱斯飄過彈珠罐旁說道。

「你看，艾理床上有一本書。」小約翰說道。

書被翻到第十章，標題是

如何讓人以為你家鬧鬼？

第一個項目就是將彈珠滾到樓下。

「這是主臥房。」房仲帶夫妻進入對面房間。

幾秒鐘後，那對男女尖叫著衝出房間。

凱斯和小約翰飄過去看是什麼引起了騷動。

「我⋯⋯我很抱歉。」房仲邊向夫妻道歉邊穿過小約翰。「我不知道這兒發生了什麼事。」

凱斯和小約翰急忙探頭到艾理父母的房間裡窺看，但他們沒看到任何不尋常的事，所以隨後跟著踏地人飄下樓。

「這棟房子鬧鬼！」女人猛打開前門的時候大聲叫道。

凱斯快速抓住小約翰的臂膀然後往後飄，以免被風往外面拉去。

78

「我們不會買一棟鬧鬼的屋子。」男人堅決地告訴房仲。

房仲跟著他們走出去並猛地關上身後的門，凱斯和小約翰飄到窗前，看著他們坐上一輛咖啡色的車子後駛離。

當他們一離開，凱斯就聽到身後傳來腳步聲。轉身一看，艾理的姊姊蘿倫正從廚房走向客廳。

她是從哪兒冒出來的？

第七章

整人
實作手冊

蘿倫急忙衝上樓。

「她是那個幽靈嗎？」小約翰問。

「我不知道，不過我不這麼認為。」

凱斯說。

「我覺得是她。」小約翰肯定，「不然為什麼

大家都不在，她卻在家？」

「可能她剛到家。」凱斯推測。

「也有可能她一直都在家，可能躲起來了，也

有可能就是她把彈珠都滾落至樓下，然後嚇跑那些人。」小約翰說。

凱斯皺眉問道，「她為什麼要這麼做？」

「跟艾理的理由一樣？」小約翰繼續說：「也許她一點也不想搬家，又或者她想讓大家都以為是艾理做的。她可能是想要整艾理，因為艾理一直以來都在整大家。」

「或許吧。」凱斯說道，但他還是覺得艾理才有可能是那個幽靈。

不一會兒，前門打開了，艾理和他媽媽一起走進屋裡，艾理媽媽正在通話，「是的，我能理解。」她說道，並把門關上。

艾理要走開時，他媽媽即時伸手抓住了他的手臂，「我會跟他談談，謝謝告知我。」她把手機放

到有彈珠碗的桌上，「這次是彈珠滾落樓梯嗎？」

說著她從碗裡抓起一把彈珠，「你這行為真的該停

止了，有人會因此受傷的。」

　　「不是我！」艾理吼道。

　　蘿倫這時走下樓，她下顎靠在樓梯的欄杆上

問：「該停止什麼？」

　　「喔！蘿倫，我不知道妳在家。」

　　「我剛到家。」蘿倫回應，「今天的啦啦隊練

習取消了。」

　　「那個幽靈又出現了，蘿倫，」艾理說：「它

將彈珠從樓梯上滾落，還嚇跑了來看房子的人。」

　　「才沒有幽靈。」艾理媽媽疲憊地說道。

　　蘿倫轉身上樓。

　　「反正不是我，我甚至不在家！」艾理辯駁。

不一會兒，蘿倫再次走下樓，手裡拿著厚厚的一本書說道，「看看我在艾理的床上發現什麼。」她闔上書時，手指插在書中某一頁，然後高舉書本好讓他們的媽媽看清楚書名：

《整人實作手冊》

艾理突然大喊：「妳到我房間做什麼！」

「你昨天跟我借了標籤貼，我只是去拿回來而已。」蘿倫說，她轉身跟媽媽說：「妳看這本書被翻開到哪一頁，」她打開書後大聲唸道：「如何讓人以為你家鬧鬼？第一，將彈珠滾到樓下。」

「艾理！」他們的媽媽雙手插腰大聲責備。

「什麼?!」艾理說：「我們離開的時候，書還在我的書架上啊！不是在我的床上。」

「是放在你的床上。」蘿倫爭辯道。

凱斯和小約翰兩人對看了一眼。他們也看到書是放在艾理的床上，但是他們不確定克萊兒和艾理上樓查看的時候，書是不是就在床上了，又或是他們離開後書才出現的。

艾理再次強調，「不管這裡發生了什麼事，我人都不在場啊！」

「你可以臨時架設什麼裝置，然後離開的時候啟動它，」蘿倫推論，「你很喜歡捉弄他人，你自己也知道。」

凱斯也知道，他曾經看過艾理從圖書館借閱整人相關的書籍。

「我被人陷害了！」艾理義正辭嚴地說：「有人試圖要讓所有事看起來都像是我一手操弄的。」

蘿倫鼻哼了一聲，「誰會這麼做？」

「幽靈！」艾理說：「我被幽靈陷害了！」

小約翰搖搖頭說道，「我覺得你是被你姊姊陷害了。」

＊　＊　＊　＊　＊　＊　＊　＊　＊

當天晚上，凱斯和小約翰看到艾理拿起手機，撥了通電話。

「喂？克萊兒？」他說：「是我，艾理。」

小約翰睜大雙眼，「他在跟克萊兒說話！」

凱斯把手指放到嘴唇前方示意小約翰安靜，他想聽清楚艾理跟克萊兒說了什麼。

「那些人來看房子的時候幽靈出現了，」艾理告訴克萊兒，「它從樓梯上滾落了一堆彈珠，然後它好像出現在那個女士的面前，把她給嚇跑了。」

所以那就是在艾理父母臥房裡發生的事。

艾理換另一手拿手機，他說：「我媽還是認為是我搞的鬼。」

「不⋯⋯是⋯⋯你⋯⋯」小約翰突然哭嚎道，「是⋯⋯你⋯⋯姊姊⋯⋯」

艾理驚嚇得彈跳了一下，差點把手機給摔了。「是誰在說話？」

「小約翰！」凱斯怒瞪弟弟。

「怎樣？」小約翰說：「我只是想幫忙。」

「是那個幽靈，」艾理疑神疑鬼地環視房間，對著話筒輕聲道，「妳有聽到嗎？它說：『不是你，是你姊姊。』」

凱斯臉貼臉靠近艾理，聽到克萊兒說：「我沒聽到，先別說話，聽聽看它還會不會說什麼。」

「克萊兒？」凱斯對著話筒說道，「是我。」

他小心翼翼地不發出哭嚎聲，因為他不需要艾理也聽到他說話。「剛剛是小約翰說『不是你，是你姊姊。』我們一路跟著看房子的人在屋裡飄，我們沒看見幽靈，但是那些人來的時候，艾理的姊姊也不在家，或許她是緊接在那些人之後到家的。小約翰覺得她是那個『幽靈』，但我還是覺得是艾理。」

「不是他！」小約翰生氣道。

艾理嘆了一口氣，「我現在沒有聽到了，」他說：「還真意外呢！它從未在我需要它現身的時候出現。」

「我應該發光嗎？」小約翰問凱斯。

「不！」凱斯厲聲阻止。

「不過我感覺得到它還在房裡。」艾理說道。

「你怎麼知道？」克萊兒問。

艾理發著抖說：「因為現在這裡真的好冷，妳有可能現在過來把它找出來嗎？」

「很抱歉，睡覺時間快要到了。」克萊兒說：「但我明天放學後會去一趟。」

「好吧。」艾理失落地說：「明天見。」他掛上電話後拿去充電，然後直奔下樓。

＊　＊　＊　＊　＊　＊　＊　＊　＊

幾分鐘後，小約翰問凱斯，「你覺得蘿倫現在在幹嘛？」兩個幽靈飄浮在艾理和他的父母上方，艾理和他的父母正在客廳看電視，而蘿倫在樓上的臥房裡。

「我不知道。」凱斯回答。比起蘿倫，他對電視節目更感興趣。

「她有可能正在計劃下一個整人伎倆，」小約翰說：「或許我應該到樓上監視她。」

「那我留在這裡，」凱斯說：「這樣不管是蘿倫或是艾理做了什麼可疑的事，我們都會發現。」

小約翰飄上樓離開客廳，凱斯則和艾理、他父母一起看完電視節目。當節目播完後，艾理的媽媽打了個大哈欠並伸伸懶腰，「你該上床睡覺了，艾理。」她說。

艾理整個人撲倒在沙發上問：「一定要嗎？」

「對，」他爸爸說：「已經很晚了。」

「你們也要睡了嗎？」艾理問。

「就快了，」他媽媽回答：「我們還要再看一下新聞。」

「我可以一起看新聞嗎？」艾理不死心地問。

「不行，已經過了你上床睡覺的時間了。」艾理爸爸的手指向樓梯，要艾理上樓去。

「我不想一個人在樓上。」艾理小聲地說道。

「你姊姊也在樓上啊。」他媽媽說道。

艾理翻了白眼嘟囔道，「那就等於是我一個人在樓上啊。」

艾理媽媽這時不耐煩地撥弄頭髮說道，「怎麼了？我記得你不怕黑的啊。」

「我不怕啊，」艾理回答，「可是我有點怕幽靈。」

「幽靈不存在。」他爸爸說。

「叮……咚……你……錯囉！」

此時廚房傳來幽靈的哭嚎聲。

第八章

準備好，我來了！

「是幽靈！」艾理縮起他的腳，緊緊抱在胸前。

艾理媽媽皺起眉頭，他爸爸則是怒瞪他。

「幹嘛？為什麼你們要那樣看我？」艾理眼神委屈地來回看著他的父母，「我什麼事也沒做啊！」

他父母從沙發上起身，步向廚房。

「等等我！」艾理急忙跟在父母的身後。凱斯也跟著飄過去。

蘿倫和小約翰都已經在廚房了。蘿倫正一個一個地打開又關上櫥櫃的門，小約翰則是對凱斯聳了聳肩。

「妳在做什麼，蘿倫？」她媽媽問道。

「在找錄音機啊。」蘿倫回答。

「什麼錄音機？」

「他藏在這裡的錄音機啊，」蘿倫偏頭朝艾理的方向點了點，「你們沒有聽到剛才那個怪聲音嗎？」

艾理重重地跺腳辯駁，「我才沒有藏什麼錄音機！」

「有，你有！」蘿倫語氣肯定，「而且我會找

到它，徹底地證明你就是那個幽靈。」

　　「也許妳才是那個幽靈！」艾理大聲反擊，「那個聲音出現的時候，妳人就在這裡！」

　　「我只是在找零嘴吃。」蘿倫說道，「而且你可能架設了什麼機關，有人打開冰箱就會啟動發出聲音的機關。」

　　「我沒有！」艾理極力爭辯。

　　「你有看到發生什麼事嗎？」凱斯問小約翰。

　　「不算有，」小約翰回答，「我跟著蘿倫一起下樓，我也有聽到那個聲音，就在我身後，但是當我轉身看的時候，什麼也沒有。」

　　「有個櫥櫃在你身後。」凱斯指出。

　　「我知道，我有進去看，可是我什麼也沒看到。」小約翰說道。

艾理媽媽打開冰箱，查看夾層，「我沒有看到任何艾理的整人裝置。」

「那是因為裡面沒有任何整人裝置，」艾理說：「我已經告訴過你們了，**是幽靈！貨真價實的幽靈！**」

「那個聽起來的確像真的幽靈的哭嚎聲。」小約翰說道。

凱斯不得不認同，可是他和克萊兒在偵辦其他神祕案件的時候，也都曾經聽過像那樣的哭嚎聲，但是每一次都另有實情。

艾理站在廚房中央不悅地雙手抱胸，他的父母和蘿倫則是翻遍整個廚房，打開所有櫥櫃，也拉開所有抽屜。

「看吧？」當他們搜完後，艾理說：「沒有錄音機。」

「嗚嗚嗚嗚嗚嗚嗚嗚！」此時客廳傳來哭嚎聲。

所有人立刻衝回客廳，但是客廳看起來毫無異狀，沒有幽靈，沒有錄音機。

「我不知道到底是怎麼一回事，」艾理爸爸說

道，「但已經該上床睡覺了，我是說真的！」

「那幽靈怎麼辦？」艾理問。

「幽靈不存在！」他爸爸說。

他媽媽跟著點頭附和，「我們都愚蠢地自己嚇自己，明天早上事情都會好轉的。」

* * * * * * * * *

「我真希望克萊兒在這。」當艾理一家全入睡時，凱斯這麼發著牢騷。他和小約翰兩個人來回飄蕩在二樓的走廊上，他毫無頭緒這次的案子要怎麼破解。

「克萊兒擅長破解謎團，」小約翰說道，「但我們也是啊！我們可以嘗試自己推論到底發生了什麼事。」

「怎麼做？」凱斯問。

「我不知道，」小約翰說道，「我們需要擬定計劃。」

他們已經徹頭徹尾地搜遍整棟屋子了。

也嘗試過分頭搜查，凱斯監視艾理，小約翰盯著蘿倫。

凱斯不知道還有什麼對策可以試，他說：「現在我們能做的就是等待，等待有無其他事情發生。」

「或是我們可以製造其他事情？」小約翰說：「如果是真的幽靈，我們或許可以想到法子引誘它出來。」

「怎麼做？」凱斯再次疑問道。

「嗯……」當他們飄到走廊盡頭折返時，小約翰說：「如果有個新的幽靈來到圖書館，它要怎麼

做才會讓我跟你現身呢？」

　「它可以說：『哈囉，這裡有沒有其他幽靈啊？』」凱斯說道，不過他們已經在艾理家嘗試過呼喚其他幽靈了。

　「艾理說過那個幽靈喜歡玩捉迷藏，」小約翰說：「或許我們應該躲起來，看那個幽靈會不會來找我們。」

　「當然。」凱斯不以為然地說，他心想：**說得好像會是個妙招似的。**

　小約翰的手在嘴巴前圍成一圈並大喊：「你聽到了嗎，幽靈？我們要玩捉迷藏了，這次換你來找我們。」

　凱斯翻了白眼，只有真的幽靈聽得到小約翰說的話，但凱斯不認為那是真的幽靈，因為一直以來

的案件都不是。

　　但是，就在那一瞬間，一隻幽靈鞋子直奔到凱斯和小約翰中間，然後一個他們兩個都熟悉的聲音傳來，「好，準備好，我來了！」

第九章

找到了！

「那是不是……？」小約翰盯著飄浮在他眼前的鞋子。

凱斯抓住那隻鞋子左右查看，他說：「這的確看起來是芬恩的鞋子。」而且那個聲音也很像是芬恩的聲音。

「芬恩？」凱斯喊道，「你在嗎？」

一個幽靈男孩的頭從凱斯前方的地板上冒出來，他一路飄升的時候說：「我以為你們要玩捉迷

藏，但你們根本沒有躲起來，找到了！」他碰了凱斯一下，然後也碰了小約翰一下說道，「也找到你了！」

　　凱斯和小約翰兩個人嘴巴張得大大的，真的是他！

「你就是艾理家的幽靈？！」小約翰問道，他仍不敢相信眼前的景象。

「對。」芬恩說道。

「是你從樓梯滾落彈珠？」凱斯接著問道，「是你讓書出現在艾理的床上，讓大家以為是艾理裝鬼嚇走看房子的人？也是你反覆出現消失在艾理面前？」

「對，對，那個也對。」芬恩回答。

「為什麼？」凱斯問：「而且為什麼你不讓我們知道你在這？你一定知道我們在這裡了啊，我們已經到這好幾個小時了。」

「我想看看你有沒有猜到，」芬恩聳聳肩，「我還以為你現在是鼎鼎大名的偵探了。」

凱斯面露疑惑地問道：「你怎麼知道我是偵

探？」

「幾個月前我聽到艾理在說一個抓補幽靈的偵探女孩，」芬恩說道，「然後我看到一個女孩走進隔壁那棟房子，我知道她就是那個偵探，因為我待過圖書館所以認得她。她真的是一個很奇怪的踏地女孩。」

「克萊兒才不奇怪，」小約翰插嘴道，「她人很好！」

芬恩不屑地哼了一聲說：「看得到沒有在發光的幽靈，任何一個辦得到的踏地人都很怪。」他從凱斯手中拿回他的鞋子並且套到右腳上，他的左腳上沒有鞋子。

「總之，」芬恩繼續說道，「幾個月前，我看到你飄在那棟房子的屋外，那個女孩，克萊兒，在

你身後一邊喊著你的名字，一邊追著你跑，所以我猜你們一起合作。我試圖讓艾理打電話給你們的偵探社，幾乎嘗試了一輩子了。我必須在他面前發光很多次，才終於讓他相信我是個幽靈，而不是他的幻覺。」

「那你為什麼只在他面前，或想買這棟屋子的人面前發光？」凱斯問：「你為什麼不讓他的家人也看見你？」

「因為如果他是唯一看得到我的人，而且被冤枉做了那些我做的事，或許他就會打電話向你們求助。」芬恩說：「但他始終沒有這麼做，直到那天他看到那個女孩路過這棟房子。」

「嘿！那我看到在窗邊的那個是你！」凱斯一秒想起那天他看到的幽靈幻覺，「科斯莫可能也看

到你了，也許這就是為什麼他那時候突然變得那麼興奮。你有看到我們在克萊兒的水壺裡嗎？」

「她的水壺？」芬恩說：「你們在裡面做什麼啊？而且為什麼你們會跟一個踏地女孩攪和在一起？你們怎麼沒待在舊校舍裡？」

這一時半刻難以回答。

凱斯深呼吸一口氣後說：「我們最好從頭說起。」接著他和小約翰娓娓道來，告訴芬恩自從他穿越校舍牆壁被吹到外面以後，發生的所有事情。先從舊校舍被拆毀開始……

「等一下，你說什麼？」芬恩驚聲道，「舊校舍不在了？」

凱斯和小約翰一同搖搖頭。然後他們告訴芬恩家人是如何失散，小約翰提及了他在紫色房子裡遇

到的幽靈家庭；凱斯告訴他遇見克萊兒的經過，以及他們成立 C&K 幽靈偵探塔樓的經過，還有他們目前偵辦的案子，都沒有一件是真的幽靈造成的。不過，他們依然因為這些案子找到了科斯莫、小約翰、爺爺奶奶，還有爸爸媽媽，最後，是芬恩。

「哇！好精采。」芬恩驚嘆。

「所以這麼久以來，你都到哪裡去了？」小約翰問。

「嗯，」芬恩開口道來，「一開始我和爺爺奶奶一起乘著風，爺爺奶奶手牽著手，所以他們一直在一起，但後來我跟他們分開了，風把我吹進了一間有狗的屋子裡，那隻狗一直蹦蹦跳跳想要吃掉我，所以我沒待多久就再飄到外面去了。然後風把我吹進了圖書館，但我也不想待在那，我不想跟一

個我沒發光也看得到我的踏地女孩在同個屋簷

下。」

　　「你留下了另一隻鞋子在那裡。」小約翰指著

芬恩只有穿上襪子的那隻腳。

　　「我知道，」芬恩說：「我的腳因為那隻踏地

狗一直咬我，所以在圖書館的時候痛得脫下來，但

後來離開時忘了穿上了。」

　　「那後來你去了哪裡呢？」凱斯問。

「一間電影院。」芬恩繼續說：「我喜歡那裡，那裡有好多其他的幽靈。有一個幽靈女孩叫潔絲，她真的很可愛。還有一個叫戴夫的幽靈男人，跟爸爸媽媽年紀差不多，但是你知道嗎？他也是自幼穿越牆壁後就跟家人失散了，我們在那裡感情很好，而且我們都很喜歡在踏地人看恐怖片的時候，發出哭嚎聲嚇他們。」

「如果你那麼喜歡那裡，為什麼要離開？」小約翰問。

「我並沒有要離開，算是不小心穿越了牆壁吧。」芬恩回答。

凱斯搖搖頭無奈地說：「你沒有記取教訓。」

「嘿！我又不知道那是通往外面的牆壁。」芬恩說道，「而且我有學到教訓了！我不是到現在都

還待在這個靈靈棲裡嗎？」

＊　＊　＊　＊　＊　＊　＊　＊　＊　＊

　　午後稍晚，前門打開了，艾理和克萊兒一起走

進屋裡。

　　「克萊兒！」凱斯歡喜地大叫，他和小約翰等

克萊兒和艾理一起回來等了一整天了。他們一早沒

有跟著艾理上學，是因為他們想跟芬恩再多逗留一

會兒。反正，克萊兒也跟艾理說了，放學後會來艾

理家找幽靈。

　　「猜猜看，」小約翰說：「我們找到艾理家的

幽靈了，是我們的哥哥芬恩！」

　　芬恩尷尬地揮揮手打招呼。

　　克萊兒輕輕地點頭回應，她不能在艾理面前跟

幽靈對話。

「我不曉得那個幽靈現在在哪裡。」艾理開口。

「在……這……裡。」小約翰哭嚎，而且他全身發著光，對艾理揮了揮手。

艾理瞪大了雙眼。

「小約翰！」凱斯斥責大喊。

「那不是我一直以來看到的幽靈。」艾理一邊看著小約翰，一邊後退告訴克萊兒。

這個時候芬恩也開始發光了，同時哭嚎道，「不要……擔……心……我……還在……這。」

艾理的雙眼瞪得更大了，他大叫：「喔！不！我們有兩個幽靈。」

「你們兩個人！」凱斯搖搖頭說道：「你們為

什麼要嚇那個男孩呢？」

　　小約翰和芬恩同時停止發光。

　　「艾理要克萊兒來抓幽靈啊，她可以假裝抓到

我們了。」小約翰說道。

　　「你不發光她也可以假裝啊。」凱斯說道。

　　「那些幽靈去哪裡了？」艾理環顧四周，嘴裡

喃喃道。

嗚嗚嗚嗚!!!

　　克萊兒打開她的背包，拿出了幽靈偵測鏡和幽靈捕手，「我看到他們了。」她透過偵測鏡看著芬恩說道。

　　芬恩朝克萊兒吐舌頭扮鬼臉。

　　「你最好讓開，芬恩。」凱斯在克萊兒拿起捕手的時候提醒芬恩。

　　「為什麼？」

　　克萊兒按下捕手上的開關，捕手彷彿有了生命

般發出吼叫聲。

「**啊啊啊啊啊啊**

啊！」芬恩驚慌大叫，趕緊往後飄，並且兩

手摀住耳朵。克萊兒將捕手對準一個離幽靈們遠一

點的地方。

「**那——是——什麼——**」

「**那——叫——幽靈——**

捕手！」凱斯必須用力大喊才能讓對方聽

見，「她──用──那個──讓──踏地人──以為──她──抓得到──幽靈。」

「如果──她──想要──的──話──她──可以──用──那個──抓──我們。」小約翰跟著大喊說道。

「你──說──得──沒錯。」凱斯喊道。此時芬恩盤旋在克萊兒和凱斯之間。

終於，克萊兒把機器關掉後說：「抓到了！」她對艾理說道，「你的兩隻幽靈都在這裡面了。」她敲了敲幽靈捕手。

「他不會相信吧，會嗎？」芬恩問，他飄靠近

看克萊兒手上用鋁箔紙包起來的「幽靈捕手」。

艾理一臉懷疑地問：「妳確定嗎？」

「我確定。」克萊兒堅定地回應，並把捕手隨手往背包裡塞，「如果還有任何問題，可以再打給我。不過我想你應該不需要再打給我了。」

「好。」

「哈哈哈哈哈！」芬恩捧腹大笑，「他竟然相信了！」

克萊兒向幽靈們舉起她的水壺，並朝他們擠眉弄眼。

「妳渴了嗎，克萊兒？」艾理問：「妳要裝水嗎？」

「不，我不用，謝謝。」克萊兒不自在地微笑，她放下水壺，持續對凱斯打暗號。

「喔！我覺得克萊兒是要我們跟她走。」凱斯飄向克萊兒說道。

「去哪？」芬恩問。

「我們父母答應我們可以留在圖書館了嗎？」小約翰問。

克萊兒沒有回答，她只是朝門口開始移動。

「我們到了外面後就可以跟克萊兒說話了。」凱斯邊說邊**縮小**……**縮小**……**再縮小**穿越進水壺裡，小約翰跟在他身後飄進去。

「快點，芬恩！」小約翰從水壺裡呼叫芬恩。

「你會跟我們來吧，不會嗎？」凱斯問道。

芬恩聳聳肩，「我想會吧。」接著他開始**縮小**……**縮小**……**再縮小**，和他的弟弟們一起飄進水壺裡。

第十章

媽媽的故事

「媽媽和爺爺奶奶有說我們可以待在圖書館了嗎？」當克萊兒一走出艾理家，小約翰就著急地問道。

「爺爺奶奶還在嗎？還是他們回河景之家了？」凱斯緊接著問道。

「貝奇呢？」小約翰也不停歇地問：「妳有看到貝奇了嗎？我們離開前到處都找不到他。」

「你們為什麼不讓她回答啊，一直問問題。」

這時芬恩開口說道。

克萊兒將水壺舉高，好可以邊走在街上邊看著水壺裡的幽靈們說話，「謝啦，芬恩。」她說：「好，這是我昨天回到家後的情況，你們父母跟祖父母非常非常生氣，他們全都圍著我質問你們在哪裡，還有什麼時候會回去。」

「妳怎麼回答？」凱斯問道。

「我跟他們說你們很安全，但是你們在他們答應可以待在圖書館前，都不會回去。」克萊兒接著模仿起他們的媽媽，「然後你們媽媽一直說：『話不是由孩子說了算。』」

凱斯喉嚨咕嚕吞了口口水，「以一到十分來評斷，我們惹的麻煩有多大？」

「事情是這樣的，」克萊兒這時過了馬路，「我不覺得你們麻煩大了，他們跟我談過後。你們媽媽跟爺爺奶奶，三個人和貝奇促膝長談了一段時間……」

「所以貝奇還在圖書館！」小約翰打斷克萊兒的話。

「對，」克萊兒說：「雖然你們家人和貝奇之

間的事，說不上完美解決了，但至少事情有好轉了。他們都希望你們回家，所以他們說好了，貝奇之後都住在圖書館，你們爺爺奶奶會回到河景之家，至於你們跟你們爸媽則是住在圖書館樓上，就是我們家人住的地方。你們不用搬去河景之家，而且隨時可以去找貝奇。」

「太好了！不用搬去河景之家了！」小約翰拍手叫好。

凱斯覺得還不能高興得太早，因為他們父母雖然同意不用搬去河景之家，但不代表凱斯和小約翰不會挨罵。但或許爸爸媽媽看到芬恩以後，就會忘了凱斯和小約翰兩人做的好事。然後他們一家人就可以從此快樂地團聚在一起。

* * * * * * * * * *

「你們！」當克萊兒走進客廳，凱斯和小約翰的媽媽立刻喊道。這時所有幽靈都穿越而出水壺並膨脹回原本的大小。

「你們絕對不可以再──」媽媽話還沒說話就頓時啞口。

她眨了眨眼，又揉了揉眼睛再眨了眨眼，「芬恩？」她轉頭看向凱斯、小約翰和克萊兒問道，「你們找到芬恩了？」

「麥克！媽！爸！」媽媽趕緊大聲呼喚，**「你們絕對猜不到是誰在這！」**她張開雙臂擁抱芬恩。

「喔！老天！」當奶奶和其他幽靈一起飄進客廳時，奶奶驚呼。他們爭先飄向芬恩擁吻他。

「汪！汪！」科斯莫也跟著吠叫。

芬恩**膨脹**越過他家人的頭，「科斯莫？」

科斯莫尾巴左搖右擺，幽靈狗兒想方設法地靠近芬恩，舔了舔他全身。

芬恩被逗得咯咯笑，「老朋友，好 ——— 久沒看到你了。」他邊說邊擁抱著幽靈狗。

「謝謝妳找到了芬恩。」媽媽對克萊兒說道。

「不是我找到他的，」克萊兒回應，「是凱斯和小約翰找到的。」

「我們離家出走是對的吧？」小約翰說：「不然我們才不會找到芬恩呢！」

這時媽媽眉頭一皺，「關於離家出走這件事，我們需要談談。」

* * * * * * * * * * * * *

「你們小子永遠不可以再離家出走！」當克萊兒一家都睡著時，爸爸強硬地說道。爺爺奶奶和芬恩則是在一旁盤旋飄浮。

「你們知道我們有多擔心嗎！」媽媽附和，「你們怎麼可以好不容易相聚了，就離家出走！」

「因為我們不想搬去河景之家啊……」凱斯低聲說。

「而且妳也不聽我們說的。」小約翰聲援。

「何況，妳要我們離開圖書館，至少也要跟我們解釋為什麼。妳和貝奇之間到底發生過什麼事，為什麼關係會差到我們無法都住在一起？」

媽媽抬頭瞄了一眼爺爺奶奶，爺爺悄悄地點點頭。

媽媽回頭看向凱斯和小約翰，深深嘆了一口氣

後說：「好吧，我跟你們說吧。」

所有幽靈都聚集在媽媽身邊，她開始述說她和貝奇之間的故事。「我和貝奇認識是因為當我們還是孩子的時候，他和我們住在一起。」

「他？為什麼？」小約翰問。

「因為他和家人失散了，我不清楚是發生什麼事，關於這個你得要親自問他。」媽媽說道。

聽起來幽靈們很常遇到這樣的事，凱斯心想。

「妳有看過貝奇發光嗎？」媽媽問道。

「沒有。」凱斯和小約翰異口同聲地回答，凱斯接著說：「他跟我說他很久沒發過光了，有二十年這麼久了。」

媽媽起初看起來有點驚訝，然後她繼續說：

「可能跟我們小時候發生的事有關。其實，貝奇發的光跟我們不太一樣，他發的光不是藍色的光，而是紅色的光。」

「真的？」小約翰瞪大雙眼問道。

「酷耶！」芬恩聽到後驚呼。

「不，芬恩，」媽媽搖著頭說：「一點都不酷。我曾經有個弟弟，他是你們的舅舅，名叫戴夫。當貝奇跟我們住在一起的時候，他還是個年輕的幽靈。他從未看過貝奇發光，我們都沒看過。但有一天，貝奇發光了……他嚇到了我弟弟，我弟弟嚇得跳起來穿越牆壁到外面，結果被風吹走了，我們再也沒見過他了。」

爺爺清了清喉嚨說：「那之後，我們要求貝奇離開。我們當時非常難過，失去了唯一的兒子。」

「這就是我們之間發生的事。」媽媽拭去她眼角的淚珠後說：「過了這麼多年再看到貝奇，讓我們想起了當年悲傷的回憶。即使我知道那是個意外，但我還是因為貝奇的關係，失去了弟弟。」

凱斯和小約翰都不知道該怎麼安慰媽媽，他們都為媽媽感到難過，也為貝奇感到難過。

「等等，」芬恩開口說道，「妳說妳弟弟叫什麼？」

「戴夫。」媽媽回答。

「我在電影院遇見了一個叫作戴夫的幽靈，」芬恩說：「會不會他就是妳的弟弟？」

凱斯幾乎無法相信，就在他以為已經找到了所有家人時，他又發現自己還有一個新的家庭成員。

「喔，我不知道。」媽媽說：「可能有很多幽

靈都叫作戴夫。」

「但是，值得去確認啊！」凱斯說道，**如果芬恩的朋友就是媽媽失散多年的弟弟呢？**

「我們叫克萊兒明天帶我們去電影院。」小約翰興奮地說。

「好，就這麼辦！」凱斯說道。

幽靈們都迫不及待克萊兒醒來。

國家圖書館出版品預行編目資料

鬧鬼圖書館8：捉迷藏 / 桃莉・希列斯塔・巴特勒（Dori
Hillestad Butler）作；奧蘿・戴門特（Aurore Damant）繪；
撮撮譯. -- 臺中市：晨星, 2018.09

　　冊；　　公分.--（蘋果文庫；100）

　　譯自：The Hide-and-Seek Ghost #8 (The Haunted Library)

　　ISBN　978-986-443-485-5（第8冊：平裝）

874.59

107011534

掃描填寫線上回函，馬上獲得晨星網路書店50元購書金

蘋果文庫 100

鬧鬼圖書館 8：捉迷藏
The Hide-and-Seek Ghost #8 (The Haunted Library)

作者｜桃莉・希列斯塔・巴特勒（Dori Hillestad Butler）
譯者｜撮撮
繪者｜奧蘿・戴門特（Aurore Damant）

責任編輯｜呂曉婕
封面設計｜伍迺儀
美術設計｜張蘊方
文字校對｜呂曉婕、陳品璇、吳怡萱
詞彙發想｜亞嘎（踏地人、靈靈棲）、郭庭瑄（靈變）

創辦人｜陳銘民
發行所｜晨星出版有限公司
行政院新聞局局版台業字第2500號
總經銷｜知己圖書股份有限公司
地址｜台北　106台北市大安區辛亥路一段30號9樓
TEL：(02)23672044 / 23672047　FAX：(02)23635741
台中　407台中市西屯區工業30路1號1樓
TEL：(04)23595819　FAX：(04)23595493
E-mail｜service@morningstar.com.tw
晨星網路書店｜www.morningstar.com.tw
法律顧問｜陳思成律師
郵政劃撥｜15060393（知己圖書股份有限公司）
讀者專線｜04-2359-5819#230
印刷｜上好印刷股份有限公司
出版日期｜2018年9月15日
再版日期｜2021年1月15日（二刷）
定價｜新台幣160元
ISBN 978-986-443-485-5
This edition published by arrangement with Penguin Workshop, an imprint of Penguin Young Readers
Group, a division of Penguin Random House LLC.
The Hide-and-Seek Ghost #8（The Haunted Library）
Text copyright © Dori Hillestad Butler 2016
Illustrations copyright © Aurore Damant 2016
Complex Chinese edition copyright © 2018 MORNING STAR PUBLISHING INC.
The author/illustrator asserts the moral right to be identified as the author/illustrator of this work.
All rights reserved including the right of reproduction in whole or in part in any form.